KB197561

삶의 여정에서
In the journey of life

Kim Jung-Hee, Pictures and Poems

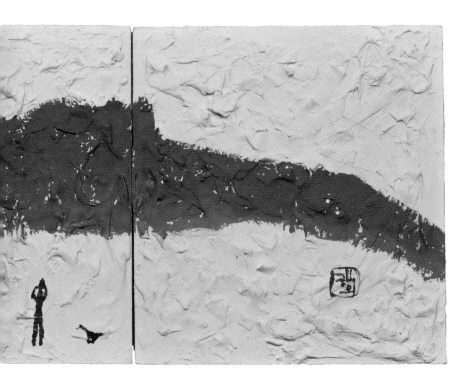

나를 품은 산 Mountains that embrace me │ 60x20cm 한지채색 2024作

삶의 여정에서

그동안 삶에 여정들을 그린 그림과 글을 작업하면서 개인전을 마쳤고, 그 자료들을 세상에 출사표를 던지듯 있는 그대로를 담아 책으로 세상에 내놓습니다.

삶의 여정에서는 저의 삶 속에서의 여러 과정을 모티브로 나를 찾아가는 과정들을 담았습니다. 우리의 삶은 늘 예측할 수 없는 선택의 갈림길과 마주하며, 내가 원하든 원치않든 자연스레 찾아오는 순간들을 맞이하게 합니다. 그 속에서 우리는 각자의 색깔과 형상으로 끊임없이 길을 걸어가죠.

세상은 나를 중심으로 돌고, 자연은 나를 향해 움직입니다. 이 과정에서 내면의 나와 마주하니, 내가 무엇을 원하고 어떻게 이 삶을 걸어가야 하는지를 모색합니다.

영혼의 성장을 통해 세상과 맺는 인연들이 소중해지고, 행복해지기 위해 노력하게 됩니다.

나의 작은 몸짓이 모래알만큼이라도 세상에 좋은 향기로 남았으면 좋겠습니다.

이 세상은 어쩌면, 밖에서 아이들이 놀다가도 엄마의 "얘들아, 그만 놀고 이제 저녁 먹으러 들어오렴"하는 부름에 땅따먹기 하던 놀이판을 치우고 맛있는 저녁을 먹으러 집으로 돌아가는 아이들 모습과도 같습니다.

언젠가 하늘이 "이제 그만하고 돌아오렴"이라고 할 때까지, 우리는 이 삶의 놀이터에서 후회 없이 살아가며, 흙놀이를 마친 아이처럼 손을 털고 집으로 돌아가는 여정을 준비합니다.

저마다의 추억과 시간을 깃털처럼 가볍게 품고 이 삶의 내면의 나와 통합하며 감사함으로 사랑함으로 살아가면 좋겠습니다. 또한, 이 자리를 빌려 사회에서 잘 성장해 준 아들들과 딸에게 엄마라는 빛나는 시간을 선물해 준 것에 감사함을 전합니다.

오늘도 한 페이지 한 페이지를 써 내려가며 이 삶의 여정을 걸어갑니다.

이 삶의 여정에서.

2025년 1월

김 정 희

In the journey of life

While capturing my life's journey in art and words, I have completed a solo exhibition, and I am sharing this collection as a book, a message sent out to the world.

In the journey of life, I put the process of finding myself as the motif of various processes of my life. Life often brings us to unexpected crossroads with choices we could not expect, and whether we want it or not, we naturally face moments that come our way. Within those moments, we continue to walk our own paths with our unique colors and forms.

The world revolves around us and Nature responds to us. During the process, we come to confront our inner selves, learning what we desire and how we navigate our lives.

As we grow in spirit, our connections with the world become precious, and we strive for happiness. My hope is that even the smallest of my actions might leave an aromatic fragrance on this vast world.

Life may be like children at play, who, at their mother's call to come inside for dinner, pause their games and return home to a warm meal. Likewise, when the universe calls, "Come back now," we should be ready to leave this playground of life with contentment after shaking off the dust and head home.

With memories and the lightness of time as feathers, may we live with gratitude and love, keeping close to our true selves along this journey. Also, I would like to express my gratitude to my sons and daughter who have grown well in society for presenting me with a shining time as a mother.

Today, I am walking down the path of this life,
writing one page at a time.
In this journey of life.

January 2025
Kim Jung Hee

김정희 | 삶의 여정에서
2004~2024 Special Gallery

목 차

작가 노트

첫 개인전을 열며
지난 세월 많은 경험과 축적된
나의 영혼의 이야기들을 이미지로 표현했다.

누구나 저마다의
자신의 길을 걸어가고 있다.
틀림이 아닌 다름으로

수많은 잔상들은
나에겐 한 뜸 한 뜸의
영혼의 성장이었음을 감사드린다.

정법을 만난 지 10년 차이기도 하고
60이란 **환갑**을 살아오면서
일막 일장을 마치며

나의 당산 남산타워가 보이는 이곳에서
하늘과 땅이 만나는 7월 7석 주간에
그간의 그림으로 여정을 담았다.

여기까지 이끌어 주신
자연과 스승과 또 다른 존재들과
나의 인연들께 감사드린다.

이제 2막 1장이란
또 다른 새로운 세상을
그려가기로 하는
즈음에서...

2024년 칠월 칠석

Author's note

At my first exhibition
I have expressed my spiritual stories and experiences
through images accumulated over a long time.

Everyone walks their own path
in unique ways.

I am grateful for countless memories,
as they have contributed to my spiritual growth.

It's been ten years since I first encountered Jungbub.
I turned 60 years old, marking a major turning point in
my life.

On July 7th, according to the solar calendar,
when Heaven and Earth meet, looking away for Namsan,
I captured my journey in these pictures.

I am grateful to Nature,
my spiritual master,
other spiritual beings,
and my close friends.

I am looking forward to
picturing the other world
in the second half of my life.

2024. 07. 07.

나는 누구인가 | 35x53cm 한지채색 2005作

Who Am I?

I am in the small room
that I made for myself.

Who am I?

I make an effort to come out
into the colorful world.

I am trying to fly
in this small room
which I made.

My legs are heavy,
but I try to fly lightly.

For the success of the world

Who am I?

나는 누구인가

나는 내가 만든
작은 방 안에 있다

나는 누구인가

형형색색의
세상으로 나가려 한다

내가 만든
이 작은 방안에서
날갯짓한다

아직 다리는 무겁지만
최대한 가볍게 날아보려 한다

이 세상을 향한 동경

내가 누구인지를

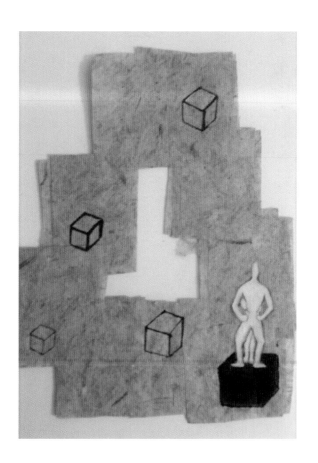

거인 ｜ 20x25cm 한지채색 2005作

Giant

I want to hide from someone to someone else,
to a safe place where I can rest, even just a little.
But there is no such place anywhere.
One day, I came to realize
that I am utterly alone,
that I must start from myself

거인

누군가에서 누군가로 숨고 싶다
안전한 곳 내가 조금은 쉴 수 있는
하지만 그 어디에도 없구나
어느 날 알게 되었다
철저하게 혼자라는 것을
나로부터 시작하는 거라는 것을

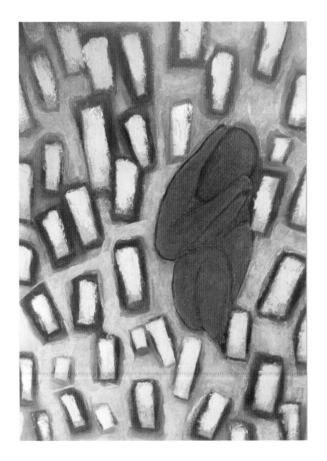

갈망과 냉혹 사이 | 35x53cm 한지채색 2004作

갈망과 냉혹 사이 | 35x53cm 한지채색 2004作

Between Longing and Coldness

The present reality is too harsh
I've lost hope and now sob in the swamp of despair.
I even resent the heavens for what's happening to me
in the freezing ice,
What am I, truly?
Where is the answer?
Let's try to find me
in this swamp of despair

갈망과 냉혹 사이

지금 이 현실은 너무도 냉혹하다
희망을 잃고 절망이란 늪에서 흐느끼고 있다
차디찬 얼음 속에
도대체 나는 무얼까
도대체 답은 어디에 있는 걸까
나를 찾아보기로 하자
이 절망의 늪에서

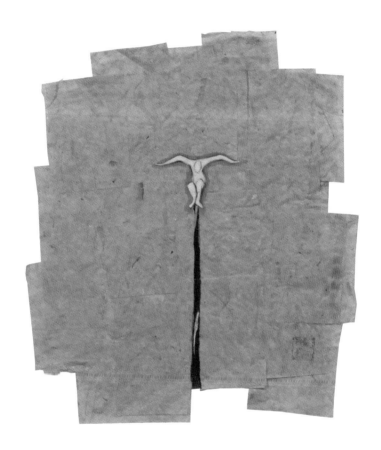

비움1 │ 25x25cm 한지채색 2005作

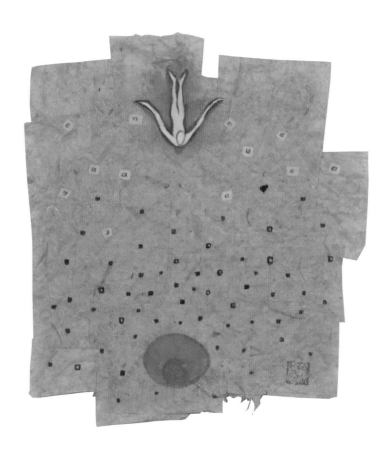

비움2 │ 25x25cm 한지채색 2005作

Emptiness

How lonely I am!
It was my choice.

I give up myself and
dive into the new world.

I hope to encounter
the vast sea...

비 움

위태로운 고독한이여
그 또한 나의 선택이었다

이내 나를 버리고
새로운 세상으로 나를 던진다

저 샘물이 드넓은
바다와 만나기를

비전1 | 20x25cm 한지채색 2006作

비전2 │ 20x25cm 한지채색 2006作

비전3 │ 16x27cm 한지채색 2006作

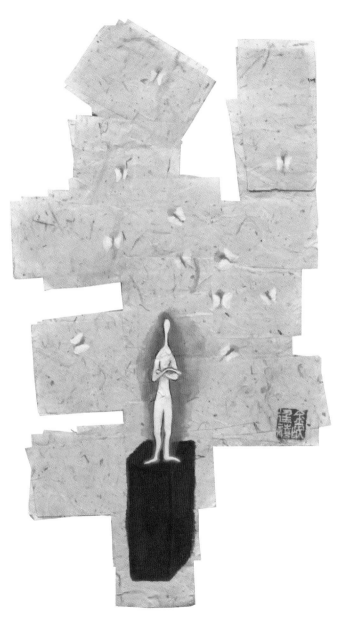

비전4 │ 15x27cm 한지채색 2006作

Vision

Stars are shining in the sky
I am stuck in the countless chains.

I wonder in my world.

My countless thoughts...
Where they should go...

I bravely try to break free
from my frame.

I take a heavy step
Oh! finally
the bright moon shines on me

Outside the window
I take a deep breath.

Then I stand up.
I've found freedom like a prize from heaven.

Victory!

비 전

하늘엔 별이 빛나고
나는 수많은 고리 속에 갇혀있다

나는 나의 세상에서 생각한다

수많은 상념이
어디로 가야 하는지를

드디어 용기를 내어본다
나의 틀에서 나오기로 한다

힘껏 한 발을 내딛고
아, 드디어
밝은 달이 나를 향해 비추고

저기 저 창밖에서
나는 안도의 숨을 쉰다

그리고 일어선다
하늘에서 상을 주듯 자유를 찾았다

승리!

얼굴 / 시선 | 35x35cm 한지채색 2009作

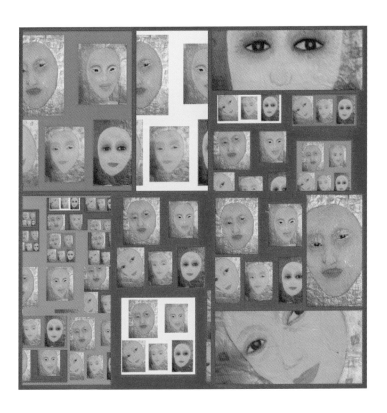

A Face / Gaze

The shapes of each of us
weren't just their own.
They look at each other's gazes
that take place inside me.

얼굴 / 시선

저마다의 형상들이
그들만의 것이 아니었다
나의 내면에서 일어나는
서로 다른 시선들을 바라본다

40 삶의 여정에서

우리는 ｜ 25x23cm 한지채색 2007作

We

We
on a starry day
hand in hand with each other,
singing our beautiful souls

우리는

우리는
별이 빛나는 날에
서로의 손을 마주 잡고
아름다운 영혼을 노래하네

별을 바라보며 │ 25x25cm 한지채색 2007作

Gazing up at the Stars

The stars are shining

This is mine~ That is yours~

Do the stars take after us, or do we take after them?

Yes!

We are the stars!

별을 바라보며

별이 빛난다
이 별은 나의 별, 저 별은 너의 별
별이 우리를 닮았을까, 우리가 별을 닮은 걸까
그래
우리가 별인거야

만남 | 70x90cm 한지채색 2014作

Encounter

Someday, I dreamed a dream.
Hermits on the high mountain

I met a hermit on my way.
How happy I was!
In my soul
a jubilant party was being held.

The hermit
became my master.

만 남

어느 날 꿈을 꾸었다
높은 산 위에 신선들

길을 걷다 신선을 만났다
어쩜 이리도 기쁜지

나의 영혼에선
환희로운 파티가 열리고 있었다

그 신선은
나의 스승이 되었다

와룡폭포 수행 │ 43x52cm 한지채색 2015作

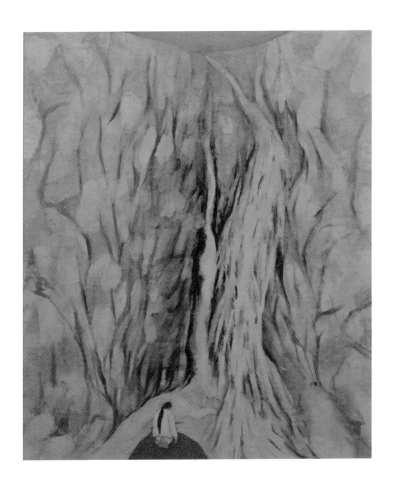

Wayong Falls & Practice

Thinking of my master's practice
to be united with Nature,

also missing him one day,
I was called to Shinbul Mountain.

The mountain was dancing
with the falls.

와룡폭포와 수행

자연과 하나 되는
수행길의 스승을 생각하며

그리고 있는 날에
신불산에서의 소환

온통 산은
폭포로 춤을 추고 있었다

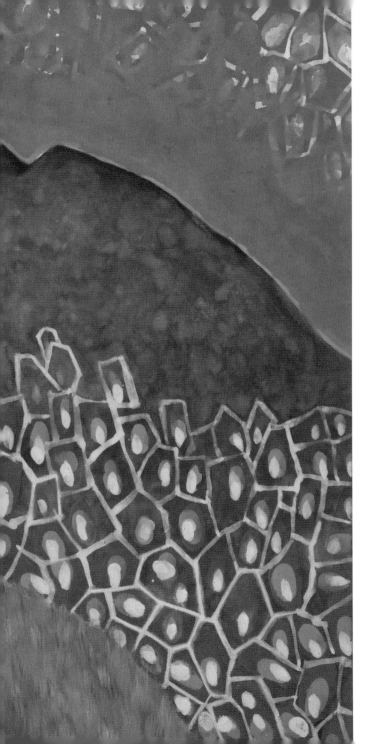

함양의 산과 손 | 70x57cm 한지채색 2015作

Hamyang Mountain & Master

In Hamyang
a mountain takes after
my spiritual master.

Elements...

After meeting him,
people recognize it

The lights
are on

In this world
In that world

We were
One

함양산과 스승

함양에는
스승을 닮은
산이 있다

원소들

스승을 만난
이들은 알고 있다

불이
켜지고 있음을

이 차원에서
저 차원들이

우리가
하나이었음을

회향
36x20cm 한지채색 2017作

Haehang- Returning My Good Act

Around Chotae Rock
the waves and the sea are dancing.

If I have done something good
just like a grain of sand

to a shadowy world
let it return.

회 향

촛대 바위에는
파도와 바다가 춤을 추고 있다

모래알처럼만이라도
행을 한 것이 있다면

그늘진 세상에
돌려주십시오

바다-someday │ 40x40cm 한지채색 2022作

Sea-Someday

We live in the sea.
The waves sing here

like harsh breaths
or gentle whispers

The sea we confront
tells various stories.

You and I came
from different worlds.

Someday
we hope to meet each other.

Someday,
we want to become one.

Holding hands,
we decide to encounter the world
that the sea speaks of.

In love~

바다 - Someday

바다에 산다
여기엔 파도가 분다

거친 소리로 노래하기도 하고
잔잔한 모습으로 노래하기도 하고

우리가 만나는 바다는
많은 이야기들을 한다

그와 나는 우리는
서로 다른 세상에서 왔다

어느 날
우리는 마주하기를 희망한다

어느 날
우리는 하나이기를 희망한다

손을 잡고
저 파도가 이야기하는
세상을 마주하기로 한다

사랑으로

일출 │ 75x88cm 한지채색 2018作

Sunrise

Jeju
at the sea
in front of Sungsan

From the northern
to the southern sea
I came out to study Nature.

Over the blue sea

the sun
tries to take after me.

It calls me
to become a public person like a light,
embracing all kinds of people.

일 출

제주
성산
앞바다

북쪽 끝에서
남쪽 바다까지
자연 공부에 나섰다

푸른 바다 위에

저 태양은
나를 닮으라 한다

모두를 수용하는
모두에게 빛이 되는
공인이 되라한다

포옹 | 60x70cm 한지채색 2019作

Embrace

To love
the world,

I am still
too cold.

My heart is turing on
to love the world...

포 옹

세상을
사랑하기엔

나는 아직
너무 차갑다

심장이 켜지고 있다
세상을 사랑하기로

탄생-당산 | 30x30cm 한지채색 2020作

Birth – Dangsan, My Spiritual Mountain

My spiritual mountain
is Namsan.

After countless years
and various lives

in this world
I was born again.

Protected
under the mountain

out of an egg
I've been growing up.

.

This mountain
embraces me.

In the blessing
I look forward to

encountering the world

The new world
holds blessed eggs.

His world

is not something
or is not nothing

탄생 – 당산

나의 당산은
남산이다

수많은 세월과
억겁이 쌓아 올린
이차원

나는 다시 태어난다

저 산 아래
보호받으며

알에서
자라고 있다

이 산이
나를 품었으니

축복 속에서의
새롭게 그려질

이 세상과의 만남

축복의 알을
품고 있었음을

그의 세계는

있는 것도 아니고
없는 것도 아니다

영원한 길 │ 30x30cm 한지채색 2021作

Welcome

Eternal Road

Taebak Mountain
It was the test of Heaven.

Over the cold mountain,

alone
I got the call of Nature

On the endless roads

being a traveler,
I began to notice myself.

How brave I was!

Welcome!

Nature welcomed me.

영원한 길

태백산
하늘의 시험이었다

차디찬
이 산 위에서

홀로 자연의
소명을 알았다

끝이 없는
이 길 위에서

여행자가 되어
나는 나를 알아간다

얼마나
용기가 있었던가

Welcom

자연은 나를 환영했다

축원 | 45x45cm 한지채색 2022作

Pray

Once again,
I visited Taebak Mountain.

At Cheonjedan Altar,
people

pray earnestly
for themselves.

They ask for guidance
from their own star

축 원

다시
태백산을 찾았다

천제단에서
사람들은

저마다 간절한
기도를 한다

저마다의 별을 향해
축원을 한다

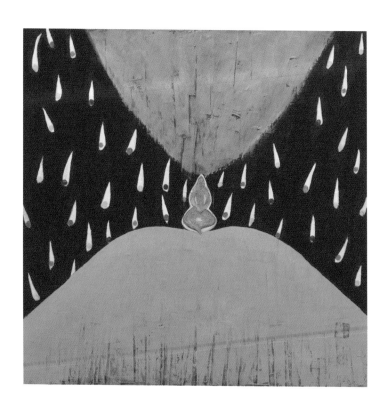

탄생 / 음과 양 | 50x50cm 한지채색 2023作

Birth / Yin and Yang

Heaven and Earth

Yin and Yang

I was made of both.

탄생 / 음과 양

하늘과 땅

음과 양

나는 그렇게 빚어졌다

無 ｜ 20x20cm 한지채색 2023作

Nothing

Is there something or nothing?
In his world~

無

있는 것인가, 없는 것인가
그의 세계에는

천지인 │ 30x40cm 한지채색 2023作

Heaven Earth Human

Heaven, Earth, Human
through different worlds

we came here,
coming and going
for countless years

The growth of the soul!
I make the decision
to face it.

천지인

하늘 땅 사람
우리는 차원 위에

수없이
많은 날을 오가며
여기까지 왔다

영혼의 성장
오늘도 기꺼이
마주하기로 한다

– 삼사혹한 오칠일 묘련
  만왕만래 용번부동본

겨울산과 별 │ 70x90cm 한지채색 2024作

The Winter Mountain & a Star

Stars
are shining.

One by one
with it's own
lights and colors

They are talking
by their own meanings

The winter mountain
is not
cold

but clean
and light...

겨울산과 별

별이
빛난다

저마다의
빛으로
색으로

뜻을 담아
이야기 한다

저 겨울산은
차가운 것이
아니라

깨끗하다고
가벼워졌다고

본주본산 과 별 | 75x40cm 한지채색 2024作

My Spiritual Mountain and a Star

My
spiritual mountain
is Bukhansan

When was it?

Like a star
I pray to shine.

본주본산과 별

나의
본주본산은
북한산이다

언제부터이었을까

별처럼
빛나기를 기도한다

김정희 Kim Jung-Hee

1987 홍익대학교 미술대학 동양화과 졸업

개인전 및 단체전
- 2024 김정희 개인전 낙원갤러리
- 2024 안젤리미술관이 선정한 올해의 작가 개인부스전
- 2024 홈테이블테코 페어 부산 벡스코
- 2023 BAMA부산 벡스코
- 2023 아름다운 동행 자선전
- 내일을 위한 만남 전
- 홍익 여성 화회전 외 다수
- 현) 홍익미인연구소 대표

1987 Graduated from Hongik University, the Department of Oriental Painting

Solo and Group Exhibitions
- 2024 Kim Jung-Hee Solo Exhibition at Paradise Gallery
- 2024 Artist of the year solo booth exhibition by Angeli Museum of Art
- 2024 Home Table Teco Fair Busan BEXCO
- 2023 BAMA Busan BEXCO
- 2023 Beautiful Companion Charity Exhibition
- Meeting for Tomorrow Exhibition
- Hongik Women's Painting Exhibition and many others

■ 번역 윤정민
  Translation: Yoon Jeong-Min

삶의 여정에서

초판인쇄 2025년 1월 7일
초판발행 2025년 1월 7일

지은이 김정희
펴낸이 이해경
펴낸곳 (주)문화앤피플뉴스
등록번호 제2024-000036호
주소 서울 중구 충무로2길 16, 4층 403호 (충무로4가, 동영빌딩)
대표전화 02)3295-3335
팩스 02)3295-3336
이메일 cnpnews@naver.com
홈페이지 cnpnews.co.kr

정 가 26,000원
ISBN 979-11-989877-5-4(03810)

※ 이 책의 내용 일부 또는 전부를 재사용하려면 반드시
  지은이와 펴낸 곳의 동의를 얻어야 합니다.
※ 이 책은 국립중앙도서관 홈페이지에서 검색 가능합니다.
  잘못 만들어진 책은 바꿔드립니다